AF496313

BANQUET

OFFERT A M. PAUL BERT

PAR LES INSTITUTEURS DE FRANCE

(18 septembre 1881)

DISCOURS DE M. PAUL BERT

Lb 57 7927

PARIS

IMPRIMERIE C. MURAT

53, CHAUSSÉE D'ANTIN, 53

6912

L57b 7927

merci à vous tous, à vous et à ceux qui vous ont envoyés comme délégués, qui vous ont envoyés de tous les coins de la France, de toutes les régions de ce noble et cher pays, depuis les Pyrénées jusqu'aux Flandres, depuis la Provence jusqu'aux Vosges...(Explosion d'applaudissements.) depuis — j'en ai là la preuve — depuis la Vendée.. (Nouveaux applaudissements.) jusqu'à cette héroïque et noble cité dont un patriote ne peut prononcer le nom sans un battement d'orgueil et d'espérance, jusqu'à Belfort l'invaincue. (Salves d'applaudissements. — Cris nombreux et répétés de : « Vive la France ! »)

Oui, merci à vous qui êtes venus à moi, la main tendue et le cœur ouvert, et à qui je ne peux que tendre les deux mains et tout grand ouvrir mon cœur. (Vive émotion. — Applaudissements prolongés.)

Oui, merci à tous ceux qui ont conçu, qui ont organisé, qui ont réalisé cette fête, unique jusqu'à ce jour dans l'histoire de notre instruction publique, qui unit à la solennité ardente des fêtes publiques la grâce discrète et attendrie des fêtes de famille et qui doit rester pour moi comme le plus cher souvenir, comme la plus douce récompense de ma vie politique. (Applaudissements.)

Oui, merci. Mais si je ne mets nulle restriction dans l'expression de ma gratitude profonde, si je garde et si je réclame pour moi avec un soin jaloux et la joie ineffable du présent et la reconnaissance qu'aucun dévouement ne pourra payer, n'allez pas croire que je me laisse enivrer par toutes ces paroles et que je m'attribue à moi seul, que je garde pour moi seul tout cet honneur que vous m'accordez aujourd'hui. Non, je le sais bien, je ne suis qu'un soldat dans le rang ; vous avez été prendre un soldat.....

Une voix. — Un général ! (Applaudissements.)

M. Paul Bert. — Vous avez été prendre, je le répète, un soldat dans le rang, un de ceux, je vous l'accorde, qui se sont le mieux battus. (Rires et vifs applaudissements.) Mais ce n'est qu'un soldat, et puisque vous protestez et que vous parlez d'officier, je vous rappellerai une des plus touchantes parmi les cérémonies militaires. Quand un régiment s'est héroïquement conduit au combat, savez-vous ce qui arrive ? Le chef de l'Etat décore le drapeau, et alors celui qui portait ce drapeau a lieu d'en être fier, mais il reporte l'honneur au régiment tout entier ! (Applaudissements.)

Je fais comme le porte-drapeau, et tout

en gardant pour moi ma part légitime de récompense, je reporte la plus grande part de cet honneur au régiment tout entier.

Je le reporte tout d'abord à cette grande commission de l'instruction primaire qui m'a fait successivement son président et son rapporteur, et dont les travaux ont fouillé, scruté jusque dans ses moindres détails toute l'organisation de notre enseignement primaire, qui a rendu tant de services dans la législature qui vient de s'écouler et qui en rendra tout autant dans celle qui va s'ouvrir..... (Applaudissements.) ; à cette grande commission dont tous les membres sont connus et sont aimés de vous et dont cependant je ne trahirai et ne livrerai à vos applaudissements que deux noms : l'un parce qu'il est porté par l'un des hommes qui font le plus honneur à la France, à la démocratie, et dont l'illustration est européenne, par M. Louis Blanc... (Bravos unanimes. — Vive adhésion.) ; l'autre, parce qu'il a eu le mérite insigne et l'audace singulière de concevoir le premier et de soumettre aux délibérations du Parlement une réforme complète, une refonte entière de notre système d'enseignement primaire, et parce que toutes les fois qu'il s'est agi de vous, de vos intérêts, il s'est signalé parmi les plus ardents d'entre vous. Vous avez reconnu mon ami Barodet. (Applaudissements et cris de : « Vive Barodet ! »)

J'en reporte l'honneur ensuite à l'Assemblée qui a nommé cette commission, à cette Assemblée qui a tant fait pour l'instruction publique et particulièrement pour l'instruction primaire, qu'il faut remonter pour trouver son égale jusqu'à la grande Convention (Bravos.), et qui, plus heureuse que l'Assemblée martyre et héroïque, a trouvé des successeurs qui continueront son œuvre. (Oui ! oui ! — Adhésion générale.)

Je le reporte encore au gouvernement que nous avons mis à notre tête, et tout particulièrement, et en première ligne, à ce vaillant ministre que vous applaudissiez tout à l'heure et dont j'ai été, autant que qui que ce soit, à même d'apprécier et d'honorer l'énergique et infatigable persévérance (Applaudissements prolongés.), à celui qui avait la part la plus difficile et la plus compromettante, car il ne parlait pas, comme nous le faisions, nous, devant une Assemblée à majorité favorable, mais devant l'Assemblée où l'ennemi avait accumulé ses meilleurs et ses plus nombreux soldats... (Oui ! oui !

— Très bien ! très bien !) ; à celui, messieurs, que vous applaudissiez et que vous avez raison d'applaudir de nouveau.

Et enfin, la part la plus grande, ah ! c'est à la République qu'il faut l'attribuer ! (Applaudissements prolongés et cris : « Vive la République ! »)

A la République, qui, faisant de chaque citoyen à la fois un gouvernant et un gouverné, exige de lui le maximum de développement de ses facultés intellectuelles, ainsi que la connaissance approfondie de ses droits et de ses devoirs civiques ; à la République, pour qui l'instruction est le premier des moyens d'action, ou plutôt à qui l'instruction sert de base fondamentale (Applaudissements.) ; à la République, qui doit aimer l'école et l'instituteur comme l'usine et l'ouvrier qui lui fournit sa matière première, c'est-à-dire le citoyen !

Voilà ceux à qui revient la plus grande part de l'honneur de cette cérémonie d'aujourd'hui ; voilà ceux à qui, en votre nom, je transmets l'hommage de votre reconnaissance et de votre respect. (Très bien ! très bien ! et vifs applaudissements.)

Et puis, voulez-vous que je vous dise, et que je vous parle en toute sincérité, faisant taire mes sentiments personnels qui pourraient faire illusion, vous parlant comme le ferait un spectateur indifférent, si toutefois je pouvais faire taire mon cœur pour me mettre dans cette situation? eh bien, il vous revient, à vous, une très grande part de cet honneur. Et pourquoi cela? Est-ce seulement, comme on le disait tout à l'heure, parce que vous avez su vous réunir, vous grouper, pour donner à ceux que vous considérez comme vous ayant rendu de grands services, une marque d'estime?

Ce serait déjà beaucoup; on a dit que la démocratie est ingrate; c'est un bruit qu'ont fait courir ceux qui ont voulu lui faire payer trop cher leurs services... (Rires et applaudissements.) Mais ce n'est pas de la généreuse démocratie française et, en tous cas, ce n'est pas de vous, démocratie éclairée, qu'on pourrait le dire! Mais ce n'est pas seulement pour cela: non, c'est pour une raison bien supérieure. Car enfin vous parlez de reconnaissance, vous vous réunissez pour exprimer votre gratitude, mais qu'a-t-on donc fait pour vous? et quelles raisons d'ordre matériel — qui diminueraient la valeur morale de cette manifestation — quelles raisons d'ordre matériel peuvent donc être données? Qu'a-t-on fait pour vous? A-t-on légalement changé votre situation, amélioré vos traitements?

Légalement vous a-t-on enlevé à la tyrannie, à la surveillance du prêtre ?... (C'est cela ! — Très bien ! — Applaudissements prolongés.)

Non ! tout cela n'a pas été fait et ce qu'il y a de grand dans votre situation, c'est que ce que vous venez récompenser ce sont des intentions, ce sont des dévouements affirmés, ce ne sont pas des actes, ce ne sont pas de vrais services rendus.

Sans doute nous avons fait quelque chose ; mais qu'y avez-vous gagné ? Sans doute nous avons voté, par exemple, une loi des retraites qui vaut mieux que l'ancienne, sans être parfaite, tant s'en faut. Sans doute la Chambre a voté une loi qui améliore vos traitements; mais cette loi heurte timidement à la porte du Sénat. (Rires.) Sans doute le budget de l'instruction a été considérablement augmenté ; mais vous, personnellement, vous ne profitez pas de cette augmentation. Nous avons supprimé la lettre d'obédience; mais en même temps, nous avons augmenté les exigences du brevet qui est imposé à vos collègues et que vous possédiez déjà. Nous avons amélioré le programme ; mais nous avons augmenté d'autant les difficultés de votre tâche. Sans doute nous avons voté la gratuité, mais, ce faisant, nous avons diminué les ressources d'un grand nombre d'entre vous, sinon dans le présent, du moins dans l'avenir. (Marques d'assentiment.) Nous avons voté l'obligation, mais nous vous imposons par là un surcroît de besogne... (Tant mieux! — Nous l'acceptons.) Vous êtes encore, à l'heure où je parle, soumis à l'inspection dans votre école, en vertu des fameux articles 18 et 44 que vous connaissez comme moi, à l'inspection du prêtre. (Oui! oui! — Bravos et applaudissements.) Et encore aujourd'hui, seuls parmi tous les fonctionnaires, vous n'êtes pas soumis à vos chefs légitimes et naturels, vous êtes encore matière révocable à merci par un préfet, sans appel, sans recours, sans raison donnée!

Alors, pourquoi donc vous réjouissez-vous, vous qui souffrez encore? et pourquoi donc remerciez-vous, vous pour qui l'on n'a rien fait? (Rires et applaudissements. — *Plusieurs voix* : Si, on a fait!)

Oh! je vais vous le dire, soyez tranquilles, je l'ai bien compris, vous n'avez pas besoin de me souffler! (Hilarité générale.)

Oui, je vais vous le dire, c'est qu'en effet il y a quelque chose de changé, c'est l'atmosphère, rien que cela !... (Rires.) C'est que si la loi reste la même, l'application de la loi n'est plus la même ; c'est que si le curé donne encore des notes sur vous, ce ne sont plus ses notes qui dirigent votre avancement, et vous pouvez rire de ses menaces ! (Rires et applaudissements.); c'est que si votre traitement n'est pas augmenté, si votre position matérielle n'est pas améliorée, vous sentez bien que votre situation morale a grandi, que votre rôle social est de mieux en mieux apprécié par les autorités et par la nation. Et voilà pourquoi vous remerciez, et vous avez raison de remercier le gouvernement de la République.

Et puis, vous pensez bien que ce n'est pas fini!... (Rires approbatifs et applaudissements.); que cela ne fait que commencer! Vous connaissez les intentions de vos amis, vous vous réjouissez et vous chantez l'aurore d'un avenir nouveau ; voulez-vous que je vous dise : vous faites comme les oiseaux, le matin, aux premières lueurs de l'aube blanchissante, ils s'agitent et chantent dans les branches, et saluent le soleil bien avant que l'aurore ait déjà empourpré l'horizon! (Sensation et applaudissements.)

Oui, c'est ainsi que je comprends cette fête d'aujourd'hui. Je la considère comme un remerciement pour les intentions qui seront des actes demain, comme une sorte d'inauguration d'un état de choses nouveau.

Ah ! messieurs, vous avez raison d'encourager, de remercier vos amis. Il n'y a pas si longtemps que la grande et inéluctable nécessité de l'instruction primaire s'est imposée à tous les esprits. Ceux qui vivent de l'exploitation du corps et de l'âme du peuple n'avaient garde de l'avertir. Et quant au pauvre peuple lui-même, que vouliez-vous qu'il fît ? Il ignorait jusqu'à son ignorance. (Applaudissements.)

Vous connaissez le mot de Vauvenargues : « Ce qu'il y a de plus terrible dans la servitude, c'est qu'on finit par l'aimer. » On peut en dire autant de l'ignorance. Ah ! sans doute, les nécessités du suffrage universel, la marche du gouvernement républicain, ont dessillé les yeux et fait voir les aveugles. Sans doute, aujourd'hui, on ne voit plus l'audacieuse théorie de l'ignorance populaire s'afficher cyniquement; je ne sais pas si elle ne se cache pas dans quelques conciliabules, mais elle n'ose pas affronter la lumière.

Mais parmi ceux qui disent couramment, et comme une banalité, qu'il faut instruire le peuple, surtout dans une République, surtout dans un régime de suffrage universel, parce qu'il faut qu'il soit digne de la liberté et du pouvoir, — parmi ceux-là qui parlent ainsi, combien ont une conception vraie de ce que doit être l'enseignement à donner à ce peuple, et de ce que doit être la situation, parmi les serviteurs de la nation, de ceux qui le donneront.

Supposons que quelque Micromégas, cousin de celui dont Voltaire a conté l'histoire, revienne ici-bas et fasse à notre terre française l'honneur de sa visite et qu'il a cette fois pour cicerone non plus le secrétaire perpétuel de l'Académie des sciences, dédaigneux de ces petites choses, mais un député démocrate qui lui fasse visiter les écoles de France. Oh! le député n'aura pas grand'peine à lui expliquer ce que c'est que la démocratie, à lui faire comprendre que puisque le peuple a le pouvoir tout entier dans la main, la fortune, la richesse, l'honneur, l'existence même de la patrie dépendent de l'usage qu'il en saura faire; il n'aura pas de peine à lui démontrer qu'il est alors nécessaire de donner à ce peuple l'instruction suffisante pour qu'au moment venu il puisse juger sainement des choses et des hommes. Puis, il lui expliquera, à cet habitant des astres, que dans la nation française bien rares sont les pères de famille qui puissent donner à leurs fils cette instruction indispensable, si bien qu'ils sont obligés de choisir parmi eux le plus capable et le meilleur afin de lui confier cette grande et noble mission de former avec leurs enfants des hommes et des citoyens. (Vifs applaudissements.)

Quand il aura expliqué cela à Micromégas, il me semble l'entendre, ce géant; il répond : Maïs ce citoyen d'élite, que vous avez choisi entre tous, à qui vous avez donné la suprême fonction, ce père de famille adoptif de la cité, sans doute vous exigez beaucoup de lui comme capacité, comme civisme, comme moralité; mais ensuite vous lui faites, je pense, une situation en rapport avec ses mérites et avec les services rendus ; dans votre intérêt même, dans l'intérêt de l instruction de vos enfants, vous arrangez les choses en telle sorte qu'il n'ait nul souci du dehors et qu'il puisse se concentrer exclusivement sur son œuvre sublime sans avoir à se préoccuper ni des nécessites du présent ni des nécessités de l'avenir quand les vieux jours seront venus ; sans doute vous l'honorez entre tous et vous le placez au premier rang parmi vos hiérarchies sociales. Sans doute l'école, cette maison de famille de la nation, c'est une belle, grande et vaste maison, aérée, spacieuse, agréable à voir pour l'enfant; vous y avez entassé avec profusion et sans compter tout ce qui est nécessaire à l'instruction de cet enfant? Et pour le programme de cette instruction, vous l'avez eu en grand souci? Vous avez voulu qu'on lui enseigne, à cet enfant, la morale qui fera de lui un homme, la langue maternelle qui est le ciment de l'unité nationale, la littérature de son pays, son histoire, l'essence et la nature des institutions qui le régissent; qu'on lui enseigne l'amour et le respect des lois consenties, comme elles le sont dans une démocratie, par les libres délégués du peuple souverain? Et ensuite, comme il s'agit de ce qu'il y a de fondamental, vous venez de me le dire, dans l'organisation sociale, vous versez sans doute l'argent sans compter, et le service de l'instruction primaire tient la premiere place, forme la plus grosse partie de ce que vous appelez vos budgets? Voilà ce que dirait Micromégas. (Rires et applaudissements.)

Oui, mais s'il prend son rôle de visiteur au sérieux, s'il examine les choses de près, je demande ce qui dominera en lui, de la surprise ou de l'indignation.

Comment! dira-t-il, un septième de vos enfants ne met jamais les pieds dans l'école? Comment! un quart ou peut-être un tiers y restent au plus deux années? Comment! la majorité sort de l'école ne connaissant que la lecture et que l'écriture et, hélas! quelquefois l'horreur de la lecture et de l'écriture? (Rires et bravos.) Comment! ces enfants quittent l'école sans rien savoir du monde physique qui les entoure, sans rien connaître de la société dont ils feront constamment partie et au milieu de laquelle ils vont voter et légiférer? Comment! une fraction considérable des maîtres de ces jeunes citoyens obéit à des lois qui ne sont pas les lois de la nation? à des chefs qui sont des étrangers... (Salves d'applaudissements.) et qui fait profession publique de mettre les intérêts de sa secte au-dessus des intérêts de la patrie?

Comment! votre instituteur, ce citoyen choisi, entre les meilleurs, est aux prises avec les difficultés de la vie; il est obligé de se charger de besognes secondaires et parasites qui [illegible]nent son temps

BIBLIOTHÈQUE NATIONALE R.F.

et diminuent sa dignité? (C'est cela! — Bravos répétés.)

Comment! dans votre maison d'école, les enfants s'entassent sans souci de l'hygiène, trois fois plus nombreux que leur maître ne peut utilement en diriger et en instruire? Comment! votre budget est le plus petit des budgets parmi ceux qui s'alignent dans le gros budget de l'Etat? Mais que faites-vous donc? n'avez-vous pas le souci de la gravité de la situation? Ne sentez-vous donc pas que le temps des semailles est venu, qu'il faut amender le sol et mettre le soc en terre si vous voulez avoir à temps votre récolte de citoyens?... (Applaudissements et acclamations.) Car si elle ne vient pas, sachez-le bien, c'en est fait de la démocratie, de la République et de la patrie. (Adhésion unanime.)

Sans doute, le député démocrate n'aurait pas été embarrassé pour répondre; il aurait fait valoir les difficultés des hommes, des lieux, des choses, de l'argent; il aurait parlé des millions votés par centaines, des programmes, des écoles normales et primaires sortant de dessous terre sur tous les points du territoire, de la situation morale de l'instituteur grandissant ous les jours; et puis, s'il avait voulu se défendre par l'offensive, ce qui est la meilleure des méthodes, et montrer sur le vif les progrès réalisés, il aurait été trouver quelque instituteur à barbe grise, il l'aurait amené devant Micromégas et il lui aurait fait raconter l'histoire des anciens temps — et pas de temps si vieux, de temps qui date de dix années à peine, du commencement de la République, — et l'autre aurait raconté alors toutes les grandes misères d'antan. (Applaudissements.) Il aurait montré l'école, cette masure, parfois cette écurie — les rapports officiels en font foi — mal aérée, mal éclairée, mal chauffée ; il aurait montré le mobilier scolaire, un véritable instrument de torture, le matériel d'enseignement nul, les livres réduits au catéchisme, à la Bible de Royaumont et au Psautier. (C'est cela !) Il aurait montré le pauvre instituteur en sa misère, réduit à je ne sais quelles tristes professions, obligé de se faire bedeau, chantre, sonneur de cloches, fossoyeur. Et dans cette pauvre situation qui, si elle ne le faisait pas vivre, l'empêchait au moins de mourir de faim, il l'aurait montré comme le lièvre au gîte, l'oreille dressée et dormant l'œil ouvert, regardant si c'est le chasseur, le chien ou le faucon qui va fondre sur lui. (Oui ! oui ! et applaudissements.) Car, ce malheureux instituteur d'il n'y a pas vingt ans, ah! vous en avez connu, et vous savez ce qu'il était, jalousé dans sa place, qui ne le mettait cependant à l'abri que de la neige et du soleil, par le paysan courbé sur la terre et soumis à toutes les intempéries des saisons; craignant M. le maire, M. le conseiller municipal, craignant madame la mairesse... (Oui ! — C'est cela ! — Très bien ! Rires et applaudissements.), craignant le conseiller général, craignant le préfet et l'inspecteur lui-même qui aurait dû être son défenseur naturel... (Bravos. — Assentiment général.) et, pardessus tout, craignant le curé... (Oui ! oui ! — Vifs applaudissements.)

Une voix. — Et sa bonne ! (Rires approbatifs et bravos.)

M. Paul Bert... Le curé qui a pour lui la haine de race, l'antagonisme instinctif de l'homme de foi contre l'homme de science et qui, lorsque, par malheur, à cette haine générale théorique il ajoutait une haine personnelle et pratique, savait, malgré le déplacement du pauvre instituteur, le faire voler, comme l'aigle de Bonaparte, de clocher en clocher. (Très bien ! très bien ! — C'est cela ! — Applaudissements unanimes.)

Mais laissons là le passé, laissons Micromégas hocher la tête; abandonnons cette pauvre école qui s'étiole à l'ombre de l'Eglise, et tournons-nous vers l'école de l'avenir, vers l'école libre et ensoleillée. (Bravos.)

Il est temps que tout change et se transforme, et l'école, et l'enseignement, et la situation du maître.

L'école d'abord. Ah! je suis comme Micromégas : je la souhaite belle, je la souhaite splendide. Je voudrais voir en elle, jusque dans le plus petit des hameaux de France, la plus belle des maisons du village. Je voudrais qu'elle fût ce qu'était pour nos pères, aux âges de foi, l'église, la plus belle maison aussi du village. Car elle est comme l'église, à la fois un lieu consacré et un symbole.

L'école symbolise la science, cette reine des temps modernes, grâce à laquelle l'homme scrute, dompte et domine pour son usage personnel toutes les forces de la nature, et à l'aide desquelles il améliore et développe cette vie terrestre et tangible qu'il prend au sérieux sur la terre et qu'il entoure de confort et de joie.

L'autre, l'église, symbolise la foi, reine des temps obscurs et passés, la foi qui dédaigne cette terre, qui n'y voit qu'une vallée de larmes et qu'un lieu d'épreuves, qui fait des souffrances d'ici-bas la condition des récompenses d'en haut; la foi qui marche ayant pour directrice, pendant tout le moyen âge, la mort et non la vie, la mort qui menait la danse macabre des squelettes joyeux ou désespérés... (Applaudissements.)

Mais laissons là le rêve. Voyons la réalité, voyons ce que nous pouvons et ce que nous voulons faire, c'est déjà beaucoup.

Ce que nous voulons, ce que nous pouvons faire, c'est l'école large, spacieuse, hygiéniquement disposée, divisée en salles de classes qui ne forcent chaque instituteur qu'à avoir sous sa direction les vingt ou trente élèves dont il peut utilement s'occuper... (Applaudissements prolongés.)... les vingt ou trente élèves, je répète. (Oui! oui! et nouveaux applaudissements.)

Nous y voulons un jardin, une cour, un préau couvert pour les libres ébats; nous y voulons un chauffoir pour que les petits enfants qui arrivent tout mouillés à l'école puissent y trouver quelque réconfort et sécher leurs vêtements, ce qui leur permettra d'écouter la leçon sans danger pour leur santé. Nous y voulons une gymnastique où l'enfant exercera son corps et surtout apprendra à se servir de ses membres. (Très bien!) Nous y voulons un petit laboratoire où l'on répétera devant lui les principales expériences des sciences qui ont enrichi l'humanité. (Nouvelle approbation.)

Nous y voulons un atelier où il apprendra à modeler, à dessiner, à manier les principaux outils par lesquels l'homme s'est rendu maître des matieres premières. Nous y voulons un mobilier scolaire qui ne soit pas une torture, et un matériel d'enseignement pour lequel rien ne sera épargné, et nous voulons tout cela en abondance et nous l'y mettro s. (Applaudissements.)

Qu'est-ce que cela ? Affaire d'argent. La France n'est-elle pas assez riche pour payer l'instruction de ses enfants ? Et ce pays, dans lequel les millions affluent ne pourrait pas faire cette dépense de premier établissement, cette mise en train de la véritable usine où se fabriquent ses citoyens ? Oui, nous voulons ce matériel d'enseignement, des cartes, des globes, des tableaux d'histoire, des collections d'histoire naturelle, des instruments de physique et de chimie, des modèles, des produits industriels, des livres, des bibliothèques... et des fusils. (Oui ! oui ! — Très bien ! — Bravos répétés.)

Oui, le fusil, le petit fusil, que l'enfant apprendra à manier dès l'école, dont l'usage deviendra pour lui chose instinctive, qu'il n'oubliera plus et qu'il n'aura pas besoin de rapprendre plus tard. Car ce petit enfant, souvenez-vous-en, c'est le citoyen de l'avenir, et dans tout citoyen il doit y avoir un soldat et un soldat toujours tout prêt. (Adhésion générale.)

Voilà pour l'école et en même temps voilà presque pour l'enseignement, car dans cette matière vous en savez plus long que moi; je ne puis que traduire votre propre pensée. Cette traduction, vous la connaissez du reste ; l'article 1er de la loi qu'a votée la Chambre et qu'a votée le Sénat (Rires et dénégations.), ou qu'il votera, je ne sais plus bien lequel des deux (Hilarité.), cet article 1er vous a édifiés sur nos intentions. Vous savez que ce qu'il a de plus caractéristique, c'est d'avoir résolument écarté, éloigné de l'enseignement scientifique, sans permettre à aucune mesure subreptice de l'y faire rentrer, l'enseignement des matières religieuses! Vous savez qu'à nos yeux tout diffère entre ces deux enseignements, le but, les moyens, les conséquences, et que par suite ils doivent être donnés par deux hommes distincts, dans deux locaux dictincts. (Applaudissements.)

Ces hommes et ces locaux, véritablement il n'est pas besoin de les inventer, ils existent, c'est l'instituteur et l'école d'une part, c'est l'église et le prêtre de l'autre. (Vifs applaudissements.)

Cela est tellement évident qu'il a fallu bien de la bonne volonté pour faire une confusion qui n'avait pas d'autre but que d'établir la domination du prêtre. (Applaudissements.)

Et puis, comme nous n'avons plus dans l'école le péché mortel pour définir le mal, et l'enfer pour lui donner une sanction (Rires.) il faut bien qu'enfin nous y organisions sérieusement l'enseignement moral.

Et ici les abstracteurs de quintessence s'exclament de bonne ou de mauvaise foi. Il nous disent : Vous n'avez pas le droit de donner l'enseignement moral tant que vous n'aurez pas défini la base de la morale, tant que vous n'aurez pas catégorisé d'une façon nette ce qui est le bien, ce qui est le mal ; tant que vous n'aurez pas trouvé le mobile et la sanction, vous ne pourrez pas édifier votre enseignement moral. Et alors ils nous font cette condition étrange qui rappelle les contes de fées : il faut perforer à travers le marais de la métaphysique jusqu'à ce qu'on ait trouvé le roc solide, — s'il y en a un. (Rires.)

A ceux qui sont de mauvaise foi en parlant ainsi, il n'y a qu'à tourner le dos. Quant aux autres, car il y en a, il faut leur répondre, et je leur réponds : Vous avez, pendant des siècles, reculé la marche de l'esprit humain. Je vous connais c'est vous qui, pendant tout le moyen âge, proclamiez qu'on ne pouvait pas faire de physique ni de chimie avant de connaître exactement ce qu'est la force et ce qu'est la matière, qui disiez qu'on ne pouvait pas faire de physiologie avant d'avoir démontré ce qu'est la vie et le principe vital. Vous nous avez longtemps retardés, mais on a passé outre, et on a fini par s'apercevoir que si ces notions radicales pouvaient jamais arriver à notre esprit, ce n'est qu'après avoir longtemps étudié les faits contingents et matériels pour en observer les lois. Nous laissons là votre métaphysique, continuez à tourner votre roue d'écureuil; quant à nous, nous avons fait une physique et une chimie qui se portent assez bien et qui font bonne figure dans le monde des sciences. (Applaudissements prolongés.)

Ce qu'on a fait pour les sciences physiques, on le fera pour les sciences morales (Très bien! très bien!), et les métaphysiciens continueront pendant l'éternité cet étrange jeu qui ressemble à un jeu de bilboquet dont la boule n'aurait pas de trou ! (Hilarité.)

Voilà l'enseignement moral; puis viendra l'enseignement des sciences, des sciences physiques et naturelles que nous avons introduites dans l'école, et qui apprennent à voir clair; ce mot-là dit bien des choses et explique bien des protestations indignées de ceux qui aiment à rapiner dans l'obscurité. (Rires et applaudissements.)

Puis la langue nationale, l'histoire nationale, la littérature nationale ; la connaissance de nos institutions, des principes sur lesquels repose notre société démocratique ; en un mot, l'enseignement civique. (Applaudissements.)

Ah ! messieurs, la grande Convention l'avait bien compris, quand elle vous a donné ce beau nom dont l'habitude de tous les jours a émoussé la noblesse, ce beau nom d'instituteurs, de fondateurs des institutions mêmes de la nation; elle l'avait bien senti, elle avait vu que c'était là la vraie raison pour laquelle l'Etat a la charge et le devoir de l'instruction publique. Oh! je ne dis pas de mal de la liberté d'enseignement. Je n'y ai pas grande confiance... (Rires.) et je la redoute beaucoup dans un pays où l'Eglise catholique, toute-puissante, sait mettre la main sur toutes les libertés pour en faire des instruments de servitude. (Bravos.)

Mais enfin je reconnais que le maître d'école libre peut enseigner très convenablement les lettres et les sciences; je reconnais qu'à la rigueur il n'est pas besoin là de l'intervention de l'Etat; mais ce qui nécessite en définitive, je ne dis pas seulement ce qui justifie, l'école de l'Etat, l'instituteur de l'Etat, l'enseignement de l'Etat, c'est l'enseignement civique. (Très bien! très bien! — C'est cela !)

Peut-on comprendre une société qui permettrait qu'une fraction importante de ses enfants fût élevée en hostilité avec les principes sur lesquels elle repose et qui, dès l'école, organiserait ainsi la sédition? Eh bien, cette société aveugle et insensée, c'est la nôtre. Messieurs, il est temps que cela finisse; il est temps : le sol tremble, le danger est partout, il est partout, jusque chez ceux qui sont les gardiens de la loi, de la paix et de l'honneur national. (Applaudissements).

Est-ce à dire que vous allez faire de la politique dans l'école, de la politique de tous les jours? Est-ce à dire que vous allez donner votre opinion sur les catholiques blancs de la Vendée ou sur les catholiques rouges de Belleville? (Rires et applaudissements).

Est-ce à dire que vous prendrez parti dans la composition des ministères, ou que vous donnerez votre opinion sur les mérites ou les démérites des sénateurs inamovibles? (Hilarité générale.)

Non! non! votre rôle est bien autrement élevé; l'amour et le culte de la patrie tout d'abord, l'indépendance de la société civile, le respect de la souveraineté nationale, l'égalité dans l'accession à toutes les charges et en même temps à tous les droits, le respect de la liberté à tous les degrés, voilà ce que vous serez chargés d'enseigner, voilà ce que vous aurez l'honneur d'être chargés d'enseigner. (Bravos et applaudissements.)

Et quand cela sera, vous nous ferez de vrais citoyens toujours prêts non pas sous une impulsion officielle, mais par l'élan généreux et spontané de leur conscience, à défendre la liberté par le bulletin de vote, et à défendre les frontières à l'aide du fusil! (Vifs applaudissements.)

Mais cet instituteur dont nous parlons, dont nous allons ainsi agrandir le rôle, auquel nous attribuerons des devoirs nouveaux, sa situation doit grandir d'autant, dans l'ordre matériel et dans l'ordre moral : il faut que dans l'ordre matériel son traitement et sa retraite lui soient assurés; il faut que dans l'ordre moral il ait la liberté dans la responsabilité.

Il y a longtemps que Lakanal l'a dit : Vous amènerez d'honnêtes gens à enseigner les enfants du peuple, à trois conditions : c'est que vous leur donnerez l'honnête médiocrité républicaine, disait-il, le stoïque personnage, que vous leur assurerez la retraite pour leurs vieux jours et que vous les inscrirez sur la liste des fonctionnaires publics. (Très bien ! très bien ! et applaudissements.)

Eh bien, messieurs, ce que nous avons à faire, c'est ce que Lakanal demandait il y a 90 ans. Nous ne sommes pas ici pour discuter des chiffres de traitements, n'est-ce pas ? (Non ! non !) Mais cependant il y a des principes généraux que je demande la permission d'indiquer.

Il faut, tout d'abord, que le traitement minimum suffise à l'instituteur, et qu'il permette à l'Etat de lui interdire ces fonctions parasites dont je parlais tout à l'heure. Il faut que le serviteur modeste mais dévoué et honnête de l'Etat, soit sûr, après un temps suffisant de services, d'arriver à une situation qui le place, lui et sa famille, à l'abri du besoin. Il faut que le serviteur d'élite, que l'homme distingué reçoive une récompense qui fasse de lui, pour le débutant, un exemple et un encouragement (Vifs et unanimes applaudissements.), et il faut qu'il puisse la recevoir sur la place même où il a rendu les services, afin qu'il ne soit plus ce que vous connaissez : un éternel Juif-Errant. (Rires et bravos.)

Il faut ensuite que la retraite n'attende pas l'épuisement des forces physiques et intellectuelles. Il faut qu'à une époque déterminée, et cela dans l'intérêt de l'instruction, plus que de l'instituteur, celui-ci puisse quitter une carrière trop pénible pour lui — le gendarme le fait bien — (Rires.) sans perdre tout le fruit de ses 18 ou 20 années de travail.

Messieurs, la loi que nous avons votée à la Chambre des députés donne-t-elle satisfaction complète à tous ces désidérata ? Vous me permettrez de ne dire ici ni oui ni non. Mais il est du moins un point sur lequel elle donne satisfaction complète à la justice, sur lequel je veux appeler un instant votre attention. Et qu'il me soit permis de m'adresser tout spécialement à vous, mesdames les institutrices ; ce que j'ai dit jusqu'à ce moment s'appliquait à vos collègues les instituteurs comme à vous, car tout vous était commun dans nos souhaits et dans nos remerciements. Tout vous est commun dans les charges nouvelles qui devront s'imposer aux fonctionnaires de l'enseignement, tout jusqu'à l'enseignement civique — excepté le maniement du fusil (Rires.), car si vos collègues sont chargés de faire des citoyens, vous êtes chargées, vous, de faire des citoyennes. (Applaudissements.) Non pas, à coup sûr, des femmes désireuses de l'agitation des places publiques et qui recherchent avec amour les émotions bruyantes des assemblées politiques ; non ! Je lisais il y a quelques jours un proverbe des vieux Mexicains d'avant Cortez, et ils disaient d'une manière charmante : La femme doit rester dans la maison comme le cœur dans la poitrine. (Très bien ! très bien ! et applaudissements.)

Oui, c'est dans la maison qu'elle sera citoyenne ; citoyenne avec son mari qu'elle encouragera, qu'elle aidera, qu elle calmera, qu'elle conseillera ; citoyenne avec ses enfants dont elle fera des citoyens et auprès de qui elle accomplira et continuera l'œuvre de l'instituteur. (Bravos et applaudissements.)

Eh bien, mesdames, puisque les mêmes charges et les mêmes devoirs vous sont imposés, puisque les mêmes responsabilités vous incombent, puisque les mêmes brevets, les mêmes certificats de capacité vous sont demandés à l'entrée dans les fonctions publiques, comment se fait-il donc que la rémunération de vos services ne soit pas la même? On dit, je le sais, que vos besoins sont moindres et que vous vivez de peu. (Rires.) Je ne sais pas si c'est vrai, je ne le crois pas ; mais quand cela serait, ce serait tout simplement de la part de l'Etat chercher le plus triste motif à une exploitation véritable ! Non, à service égal il faut rémunération égale. La justice le veut ainsi, et la loi l'ordonnera bientôt. (Applaudissements.)

Voilà pour l'amélioration matérielle. Mais l'indépendance morale vous tient pour le moins autant à cœur. (Assentiment général.) Vous voulez, comme le dernier des charbonniers, être maîtres chez vous. Vous voulez que l'école ne soit plus un lieu où tout le monde commande, excepté peut-être l'instituteur, et où tout le monde pénètre. Vous voulez que vos inspecteurs soient d'abord, comme dans toutes nos administrations, vos défenseurs naturels jusqu'à preuve du contraire. (Oui! oui! — Applaudissements.) Vous voulez, si vous commettez quelque faute, ou si l'on vous en soupçonne, être jugés par des juges compétents; et vous voulez que la sentence soit rendue après débat contradictoire et non pas en vertu de quelque ukase secret et indiscuté. (Bravos.)

Vous voulez enfin être, comme le disait Lakanal, des fonctionnaires de l'Etat, groupés, hiérarchisés, avec vos droits et vos devoirs, et par suite vos responsabilités nettement délimitées.

En tout cela vous avez raison ; la loi que nous avons votée vous donne satisfaction pour une de ces tyrannies politiques et religieuses contre lesquelles vous protestiez, pour celle du curé. (Bravos et applaudissements.) Le projet de loi que nous avions préparé dans la commission vous donnait satisfaction sur tous ces points. Nous le reprendrons, messieurs (Nouveaux applaudissements.)

Vous voyez — vous vous en doutiez un peu — que nous sommes tous d'accord (Rires.) et que nous envisageons du même œil la réforme de l'école, de l'enseignement et de l'instituteur.

Nous voulons tous l'instituteur libre et honoré. Nous voulons tous une instruction complète, sérieuse, allant chercher l'enfant jusqu'au fond du dernier des hameaux, car tous les enfants ont égalité de droits aux yeux de la Nation. Nous sommes d'accord, et pourquoi le sommes-nous? C'est parce que, tous, nous poursuivons d'une égale ardeur, d'un égal amour, d'un amour filial également ardent, je ne dis pas la régénération de la France, cela est fait, messieurs (Applaudissements.), mais le développement progressif, indéfini de sa grandeur, de sa fortune et de sa gloire, avec la pleine intégrité de sa liberté et de ses frontières. (Acclamations prolongées.)

Et c'est aussi parce que tous nous voyons dans l'école le lieu où se cimente l'unité nationale, où la langue commune, l'instruction commune, où le respect et l'amour de la patrie, de ses institutions, de ses lois, où les bases de la démocratie enseignées en commun, fondent dans une merveilleuse unité, sans leur faire perdre leur caractère d'originalité admirable, tous les éléments dont se compose cette grande, belle et incomparable nation... (Applaudissements.) C'est pour cela, messieurs, que dans cette communion de nos âmes, dans cette vibration harmonique de nos cœurs au sein de cette fête fraternelle, devant ces désirs patriotiques et ces généreuses espérances, je vous propose à tous de répéter avec moi ce qui doit être notre devise: Par l'école, pour la patrie ! (Applaudissements et acclamations prolongées.)

239-19.9 — Paris. — Imp. C. Murat, 53, Chaussée-d'Antin

R.F.

106

www.ingramcontent.com/pod-product-compliance
Ingram Content Group UK Ltd.
Pitfield, Milton Keynes, MK11 3LW, UK
UKHW021209230726
13926UKWH00001B/413